七月七日はまほうの夜

7月のおはなし

石井睦美 作
高橋和枝 絵

講談社

七月《がつ》です。
青《あお》い空《そら》に真《ま》っ白《しろ》な雲《くも》が、ぽこぽことうかんでいます。

はなもり公園《こうえん》に、
はなもり小学校《しょうがっこう》二年《ねん》一組《くみ》の
なかよし三人組《にんぐみ》、
りえ、みな、ゆかが
あつまりました。公園《こうえん》で
あそぶやくそくをしたのです。
「あついね。」
と、りえがいいました。
「まったくあつい。」
と、みながいって、
「だって、夏《なつ》だもん。」

と、ゆかがいいました。

「ねえ、もっとすずしいところに行《い》かない？」

「すずしいところって？」

みなとゆかが声《こえ》をあわせました。でも、ゆかの声《こえ》は、みなの大《おお》きな声《こえ》にけされて、きこえません。

りえは、ふふふっとわらうと、

「いいからいいから、ついてきて。」

そういって、歩《ある》きだしました。

「図書館《としょかん》はやだよ。
あそこはちょっとでも
大《おお》きな声《こえ》をだすと、
しかられるんだもん。」
と、みながいいました。

わたしはいやじゃないな。
図書館《としょかん》はすずしいし、
本《ほん》がいっぱいあって、
しんとしているから、そこで
三人《にん》で本《ほん》の読《よ》みっこを
するのはいいな。すぐ前《まえ》を

歩《ある》いているりえを見《み》ながら、
ゆかはそう思《おも》いました。
「ねえ、りえちゃん、
どこに行《い》くの？」
みながきいても、
「いいからいいから。」
りえはそういって、
ずんずん歩《ある》いていきます。
みなもゆかも
おくれないように、
早足《はやあし》になりました。

「あ、もしかして、はたおり神社《じんじゃ》？」

神社《じんじゃ》の赤《あか》い鳥居《とりい》が見《み》えてきたとき、みながいちだんと大《おお》きな声《こえ》でいいました。三人《にん》のなかで、みなはいちばん背《せ》も高《たか》くて、声《こえ》も大《おお》きいのです。

「そう、はたおり神社《じんじゃ》だよ。」

と、りえはこたえました。

はなれたところから見《み》ると、神社《じんじゃ》は大《おお》きな木《き》がたくさん生《は》えている森《もり》みたいに見《み》えます。

でも、鳥居《とりい》をくぐって中《なか》に入《はい》ると、広《ひろ》い庭《にわ》がひろがっています。古《ふる》いおやしろや、おみくじやおふだを売《う》るたてものがあります。それから、古《ふる》びてこわれかけた小屋《こや》もあります。

十月《がつ》の秋《あき》まつりには、神社《じんじゃ》のけいだいからおみこしがでます。おみこしには、色《いろ》とりどりのぬのがぬいつけられていて、それをひらひらとたなびかせながら、おみこしはなり町《ちょう》の町内《ちょうない》をねり歩《ある》くのです。

けいだいには、わたあめややきそば、金魚《きんぎょ》すくいにしゃてきと、たくさんのお店《みせ》がでて、おとなも子《こ》どももおおぜいきて、にぎわいます。去年《きょねん》のおまつりも、なかよし三人組《にんぐみ》は、いっしょに神社《じんじゃ》に行《い》きました。

やきそば
秋まつり
秋まつり

それから、ゆかのうちが、お正月《しょうがつ》に初《はつ》もうでをするのも、ここ、はたおり神社《じんじゃ》です。そういえば、初《はつ》もうでのとき、神《じん》

社《じゃ》でりえと会《あ》ったことを、ゆかは思《おも》いだしました。

おまつりと初《はつ》もうでのほかには、ゆかは神社《じんじゃ》に行《い》ったことはありません。

「神社《じんじゃ》って、いつでも行《い》っていいの？」

と、ゆかはききました。

「もちろん。」

りえが自信《じしん》まんまんにこたえました。

「だれかあそんでるかな？」

と、みながいうと、

「だれもいない。」

りえがまた、きっぱりといいました。

りえのことばどおり、けいだいには人《ひと》っ子《こ》ひとりいませんでした。ぶちねこが一ぴき、おさいせん箱《ばこ》によりそうように、ねそべっているだけです。しずかです。空気《くうき》がひんやりとしています。

「すーずしい。」

みなが両手《りょうて》をひろげて、大《おお》きな声《こえ》でいいました。

「ほんとにここであそんでいいのかなあ。」

ゆかはちょっぴり心配《しんぱい》になって、声《こえ》が小《ちい》さくなりました。

「いいのいいの。だってここのかんぬしさん、わたしのおじさんだから。」

「えーっ。」

りえのことばにおどろいて、ゆかが、みなにもまけないくらいの大《おお》きな声《こえ》をだしました。

三人《にん》はおやしろのかいだんにこしかけて、おしゃべりをはじめました。

三人《にん》とねこ一ぴきのほか、神社《じんじゃ》にはだれもいません。だれもきません。

どんなに大《おお》きな声《こえ》をだしてもへいきなはずなのに、三人《にん》はまるでひそひそ話《ばなし》をするみたいに、体《からだ》をくっつけて、小《ち》さな声《こえ》で話《はな》しました。

「ねえ、りえちゃん。」

ささやくようにみながいいました。

「なに？」

みなも声《こえ》をひそめてききかえします。

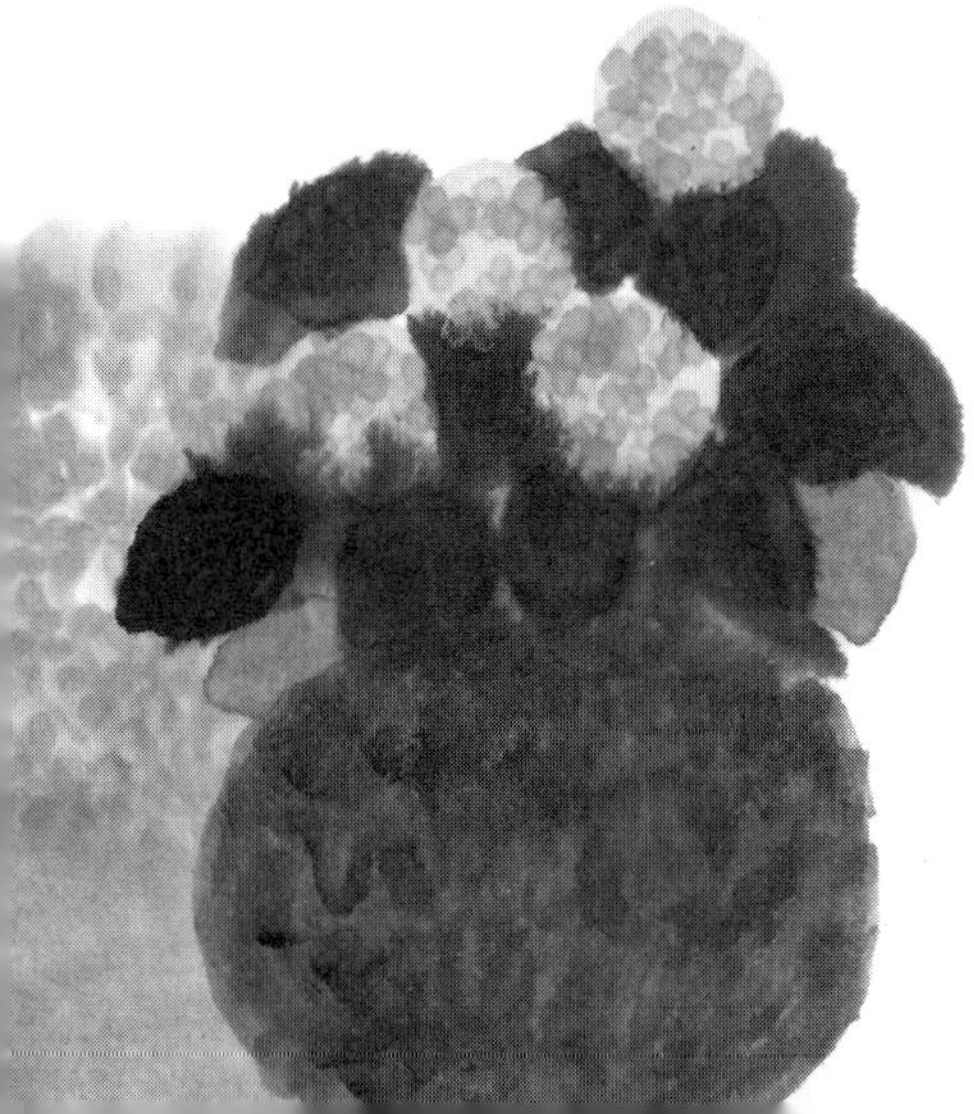

「あの小屋《こや》はなんなの？」

「ものおきみたいだよ。」

「ものおき？　おもしろい
ものが入《はい》っているのかなあ。」

「おたからとか？」

「そうかも。たんけんしよう。」

と、みなはいうと、すっと立《た》ちあがりました。

「うん、わくわくしてきた。」

りえも立《た》ちあがりました。

「でも、入《はい》っていいのかなあ。」

と、いったのはゆかでした。

「いいんじゃない。だめだって、きいてないから。」

と、りえがいいました。

ゆかだって、すわっておしゃべりするのはあきてきたところでした。中《なか》をのぞいてみたい気持《きも》ちは、ふたりといっしょです。

「うん、みんなでたんけんしよう。」
と、ゆかもいいました。

三人《にん》は、おやしろのかいだんをおりると、小屋《こや》までかけていきました。目《め》の前《まえ》で見《み》ると、小屋《こや》はいっそう古《ふる》ぼけて見《み》えて、おそろしそうにもかんじました。

「ちょっとこわそうだね。」

「うん。だからたんけんなんだよ。」

「すごいたんけんかも。」

「へびとかいるかな?」

「へびなんかいないと思《おも》うよ。」

「じゃあ、みなちゃんがさきに入《はい》って。」

「りえちゃんのほうがいいんじゃない。りえちゃんのおじさんのうちなんだから。」

「おじさんちじゃないよ。ここは。」

小屋《こや》の前《まえ》で、三人《にん》はそんなことをいいあうばかり。

なかなか中《なか》に入《はい》ることができないでいました。

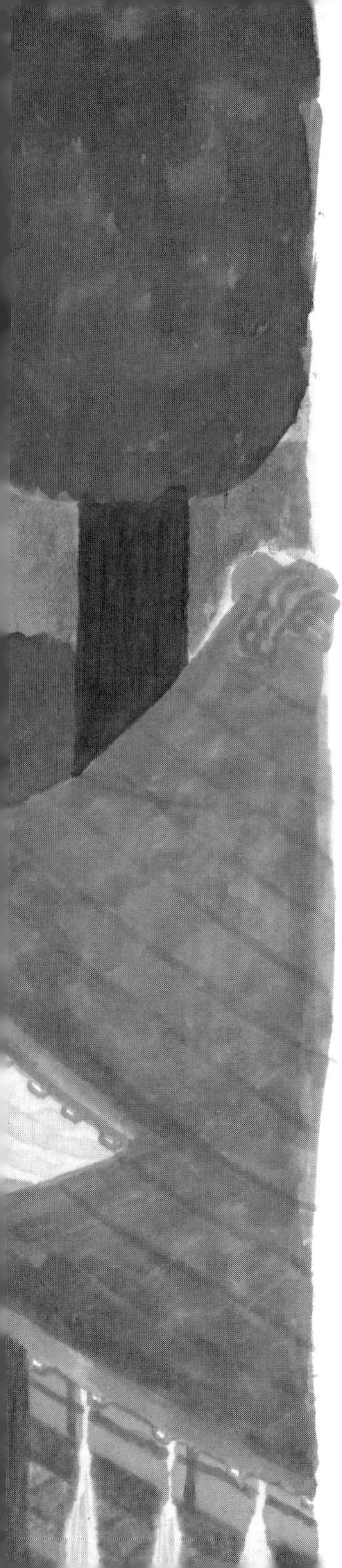

そのときでした。ばさばさっという音《おと》がけいだいにひびきわたったかと思《おも》うと、巨大《きょだい》なかげが、三人《にん》をおおったのです。

「きゃあ。」

おどろいた三人《にん》は、いちもくさんに、小屋《こや》の中《なか》にとびこみました。

「ああ、びっくりした。」

手《て》をにぎりあったまま、三人《にん》は口々《くちぐち》にそういいました。

「鳥《とり》、だったよね。」

「うん。鳥《とり》だった。すごく大《おお》きなカラスだった。」

と、みながいいました。

「カラスじゃないよ。白《しろ》かったから。」

と、ゆかがいいました。

「ゆか、見《み》たの？」

「あたしも見《み》た。真《ま》っ白《しろ》だった。」

と、りえもいいました。

「なんの鳥《とり》だったんだろう？」

「白《しろ》かったから、白鳥《はくちょう》でしょう。」

自信《じしん》まんまんにりえはこたえます。

「白鳥《はくちょう》！」

「うん。あれはきっと神《かみ》さまのおつかいなんだと思《おも》う。おじさんが話《はな》してくれたことがある。」

そういって、りえはうなずきました。

ゆかとみなもうなずきます。

「さあ、わたしたちは、たんけんしなくちゃ。」

みながかけ声《ごえ》をかけました。

あけっぱなしにしていた戸《と》をしめると、小屋《こや》の中《なか》はいきなり暗《くら》くなりました。まどには木《き》の板《いた》がうちつけてあって、光《ひかり》が入《はい》ってこないのです。

それでも、ところどころにあるすきまから、外《そと》の光《ひかり》が、ほそくさしこんでいました。

暗《くら》さに目《め》がなれてくると、おたがいの顔《かお》や、中《なか》にあるものが、見《み》えるようになってきました。

三人《にん》は手《て》をつないで、
そろそろと小屋《こや》の中《なか》ほどまで
歩《ある》いていきました。
そこがたんけんのおわりでした。
あっというまのぼうけんだったな、
と、そのとき三人《にん》は思《おも》いました。
小屋《こや》の中《なか》はがらんとしていて、
まんなかにたったひとつ、
なんだかわからないものが
おいてあるだけだったのです。

「なんだ、これだけ？」

と、みながいいました。

「そうみたい。おたからなんて、なかったね。」

と、りえもいいました。ざんねんそうです。

「でも、これはいったいなあに？」

と、ゆかがききました。

「さあ。なにかのきかいじゃない？」

「でも、木《き》でできてるよ。」

「むかしはきかいも木《き》でつくったんじゃないかな。」

「そうだね、きっと。」

「それとも楽器《がっき》かも。」

「楽器《がっき》？
どうやって音《おと》をだすの？」
「うーん。
ピアノなら、けんばんが
あるんだけどな。」
そういいながら、
みながあちこち
さわりはじめると、
りえもゆかも
さわりはじめました。

「あ、うごく。」

「でも、音《おと》はでないね。」

「こわれてるのかしら。」

三人《にん》ががたがたとゆすりだしたそのときです。

「らんぼうにあつかうでない。」

という声《こえ》がきこえました。

おどろいた三人《にん》が、声《こえ》がしたほうにふりむいても、だれもいません。三人《にん》は思《おも》わず顔《かお》を見《み》あわせてしまいました。

「それは、はたおりの道具《どうぐ》じゃ。」

ふたたび、声《こえ》がしました。

三人《にん》はいつのまにかしっかりと手《て》をにぎりあっていまし

た。そして手《て》をにぎりあったまま、もう一度《いちど》ふりむきました。
こわかったけれど、そうしないではいられなかったのです。

するとそこに、真《ま》っ白《しろ》な着物《きもの》をきたおばあさんが立《た》ってい
るのを、三人《にん》は目《め》にしました。
さっきはいなかった。と、みなは思《おも》いました。
でも、ゆうれいなんかじゃない。と、りえは思《おも》いました。
とってもきれいなおばあさんだ。と、ゆかは思《おも》いました。
そして、三人《にん》はしばらくのあいだ、そのおばあさんに見《み》と
れてしまったのでした。
「こんにちは。」
みながまっさきにいいました。りえとゆかも、あわててあ
いさつをしました。

「おばあさんは、いつ、ここにきたんですか？」

ゆかがききました。小屋《こや》の戸《と》はしまったままだったし、ゆかたちがここに入《はい》ってきたときにはだれもいなかったのです。ですから、いったいいつ、そしてどんなふうに、小屋《こや》の中《なか》に入《はい》ってきたのか、ふしぎでならなかったのです。

「ずっとむかし。」

と、おばあさんがこたえました。

「ずっと、むかし？」

と、ゆかがききかえしても、

「そう。ずっとむかし。

いつだかわからないくらいむかし。」

おばあさんはそうこたえるばかりでした。

「そんなむかしに、どこからきたの？」

と、みながきくと、

「どうやってきたの？」

と、りえもききました。

「天《てん》からながれおちたところが、ここだったのじゃ。」

このときになってはじめて三人《にん》は、おばあさんがずいぶんかわった話《はな》しかたをすることに気《き》がつきました。けれど、天《てん》からながれおちたというその天《てん》という場所《ばしょ》が、いったいどこなのか、三人《にん》にはわかりませんでした。

「むかし、わたしは天《てん》ではたをおっていた。天《てん》の神《かみ》さまたちのめしものにするはたじゃ。」

「はた？」

と、みながいって、

「めしもの？」

と、りえがいいました。

「はたというのは、ぬののことじゃ。めしものとは、着物《きもの》のこと。それをおる道具《どうぐ》がこのはたおりきじゃ。」

「それがどうしてここにあるの？」

「こいじゃ。」

「こい？」

と、こんどはゆかがききました。

「わたしは、はたをおることがとてもすきじゃった。一日《いちにち》じゅうおっていても、あきることなどなかった。ところが、わたしにすきな人《ひと》ができた。ひこぼしという名《な》の、牛《うし》かいのわかものじゃ。わたしははたおりをわすれ、ひこぼしは牛《うし》のせわをわすれて、ふたりであそびくらしたのじゃ。」

　そこまで話《はな》すと、おばあさんはふうっとひとつためいきをつきました。

「もしかして、あなた、おりひめさま？　でも、どうしておりひめさまがここにいるの？」

と、りえがききました。おばあさんは小《ちい》さくうなずくと、

「神《かみ》さまが、わたしを流《なが》れ星《ぼし》にかえて、ここにおとしたのじゃ。」

と、いいました。

「あっ。」

小《ちい》さなさけび声《ごえ》をあげたのは、りえでした。

「だからここは、はたおり神社《じんじゃ》なのね。」

「そうじゃ。」

「百年《ねん》ほどまえまでは、神社《じんじゃ》にはそのいいつたえがのこされておったが。いまはもうそんなことはだれもしらんのじゃろう。」

そう話《はな》すおばあさんは、どこかさびしそうです。

「でも、へんだなあ。おりひめとひこぼしは、天《あま》の川《がわ》をはさんで、はなればなれにさせられるけど、一年《ねん》に一度《ど》、会《あ》わせてもらえるんじゃなかったっけ?」

ものしりのみながそういいました。

「そのとおりじゃ。これまでのように、
いっしょうけんめいはたをおるのじゃ。
そうすれば、年《ねん》に一度《ど》、おまえたちを会《あ》わせよう。
そう神《かみ》さまはやくそくしてくださった。ところが……。」
「神《かみ》さまがやくそくをやぶったの？　ひどい神《かみ》さま。」
と、みながいいました。いつもよりもっと声《こえ》が大《おお》きいのは、
おこっているからです。

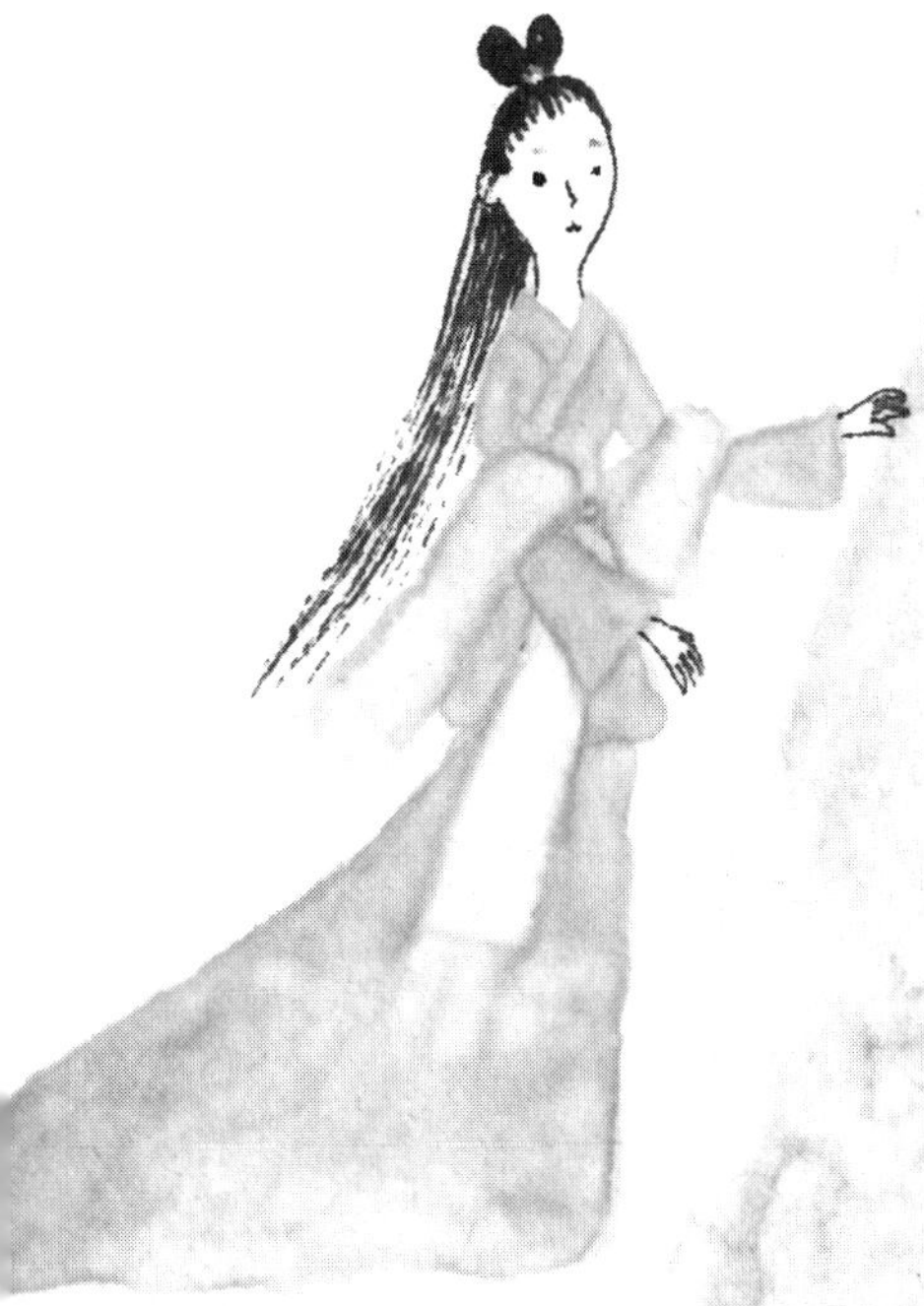

「やくそくをやぶったのは、わたしじゃ。」
かなしげな、きえいるような声《こえ》で、おばあさんはいいました。
「七夕《たなばた》のお話《はなし》には、つづきがあったっていうことなの？」
りえがきくと、おばあさんはそうだというように、ゆっくりとうなずきました。

「いっしょうけんめいはたをおりますと、わたしは神《かみ》さまにやくそくをしたのじゃ。わたしはやくそくをまもり、神《かみ》さまもやくそくどおり、一年《ねん》に一度《ど》、わたしとひこぼしを会《あ》わせてくれた。」

おばあさんの話《はなし》に、こんどは三人《にん》がうなずきました。

「朝《あさ》からばんまで、わたしははたをおった。それまでのなんばいもおった。いくらおっても、ひこぼしとわたしが

会《あ》えるのは、一年《ねん》に一度《ど》だけ。」

「かわいそう。」

思《おも》わずりえがつぶやきました。みなとゆかがうなずきます。

「ある日《ひ》、いつものようにはたをおっていると、糸《いと》がぷつんときれてしまったのじゃ。」

「はたおりきがこわれちゃったの？」

ゆかがききました。するとおばあさんは、頭《あたま》をふって、

「こわれたのは、はたおりきではない。はたをおるわたしの心《こころ》じゃ。」

と、いったのです。

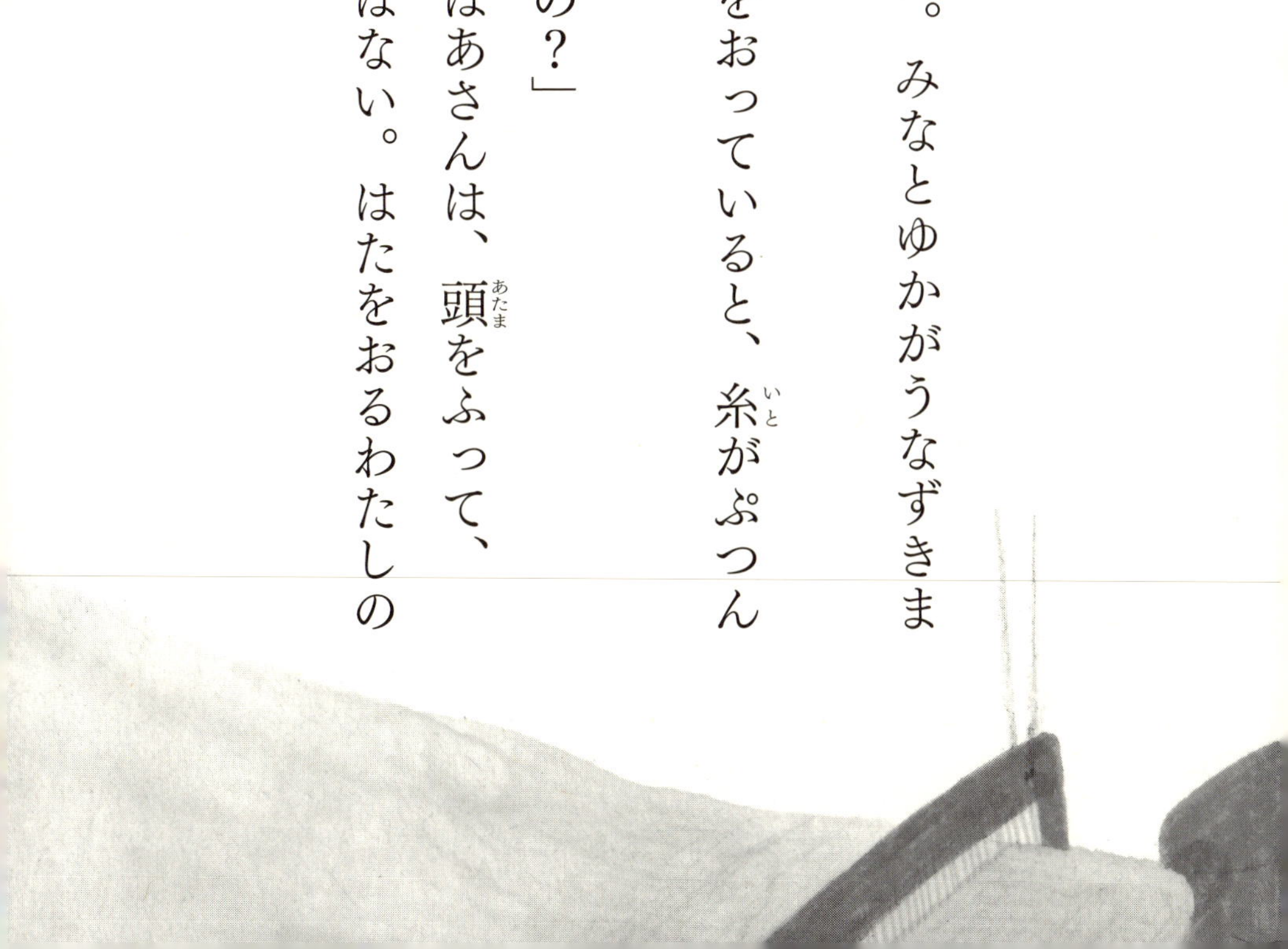

そういうとおばあさんは、だいじなものをなでるように、はたおりきをさすり、それから顔《かお》を上《うえ》にむけました。三人《にん》もおばあさんとおなじように、顔《かお》を上《うえ》にむけました。そこには、小屋《こや》の古《ふる》いてんじょうがあるだけでした。

でもそのとき、三人《にん》にも、おばあさんがてんじょうの上《うえ》にある空《そら》、その空《そら》のもっともっと上《うえ》にある天《てん》という場所《ばしょ》を見《み》あげているのだということがわかりました。その場《ば》所《しょ》をこいしがっているということも。

「なにもかもがいやになった。あれほどすきだったはたおりも、神《かみ》さまも、天《てん》のくらしも、なにもかもじゃ。わたしははたをおらないおりひめになった。やくそくをやぶったわたし

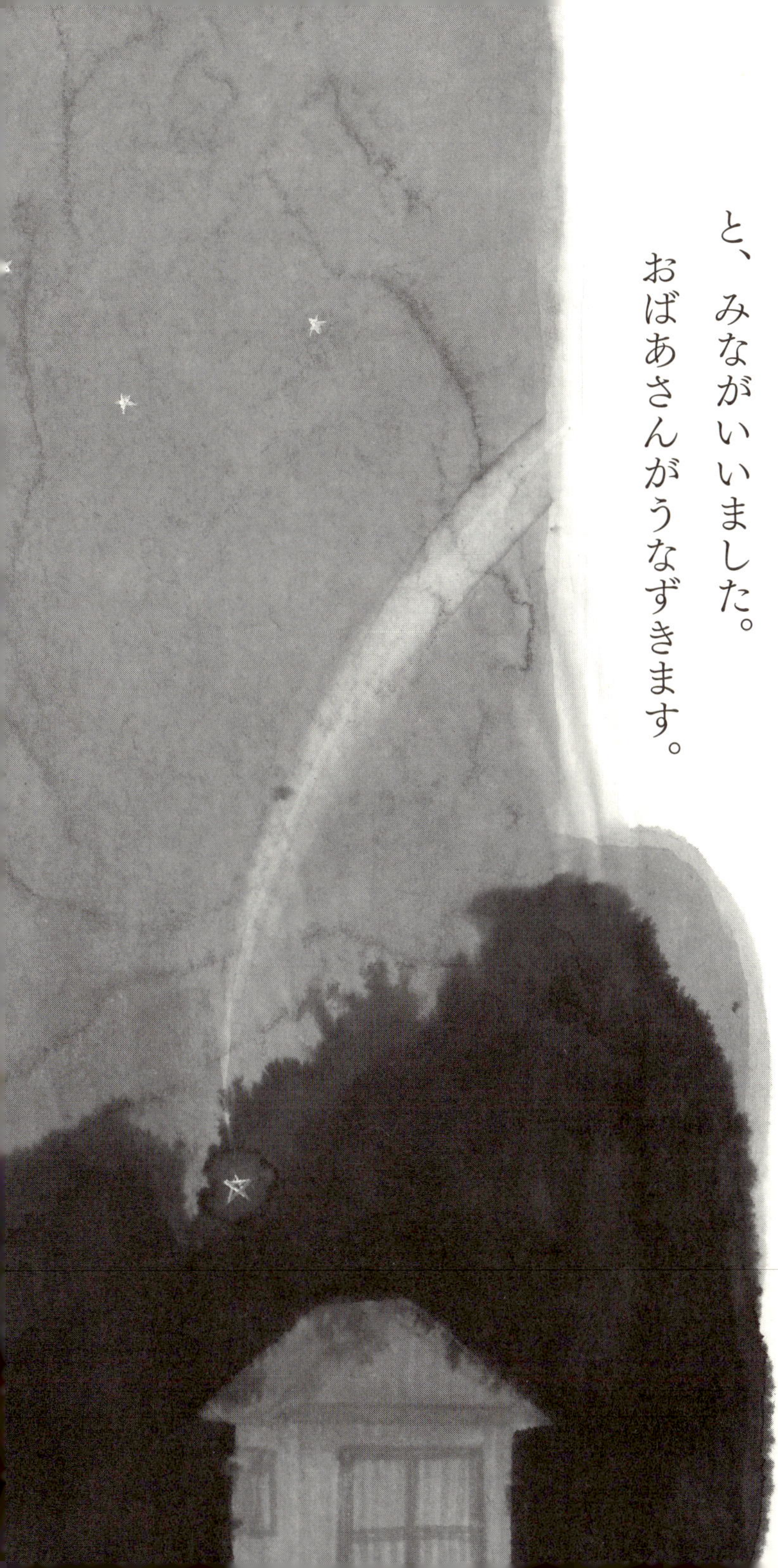

を神《かみ》さまがおゆるしになるはずがない。」
「それで、おばあさんは流《なが》れ星《ぼし》になって、ここにきたのね。」
と、みながいいました。
おばあさんがうなずきます。

「おりひめさま。おりひめさまは、このままでいいの？　天《てん》に帰《かえ》らなくていいの？」

と、ゆかがいいました。

おばあさん、みな、りえがいっせいにゆかを見《み》ました。

「帰《かえ》りたくても、もはや帰《かえ》るすべなどないのじゃ。」

おばあさんはきっぱりといいました。

ゆかは顔《かお》を赤《あか》くして、下《した》をむいてしまいました。

おばあさんも、もうなにも話《はな》そうとはしませんでした。

だれもがだまって、じっとしていました。

じっとだまったまま、みなもりえも、ゆかのいったことをかんがえていました。

どれくらいそうしていたのでしょう。

「子《こ》どもたち。」

と、おばあさんがいいました。

「あんじてくれてありがとう。じゃが、こればかりはどうにもならないことなのじゃ。はたおりきはそのままにしておいておくれ。ゆめゆめ、らんぼうにあつかってはならぬ。」

三人《にん》は、おばあさんを見《み》つめて、おばあさんのことばをきいていました。

「あ、おばあさんが、おりひめさまが、きえそう。」

と、りえがいいました。

たしかに、おばあさんのすがたがだんだんとうすくなって

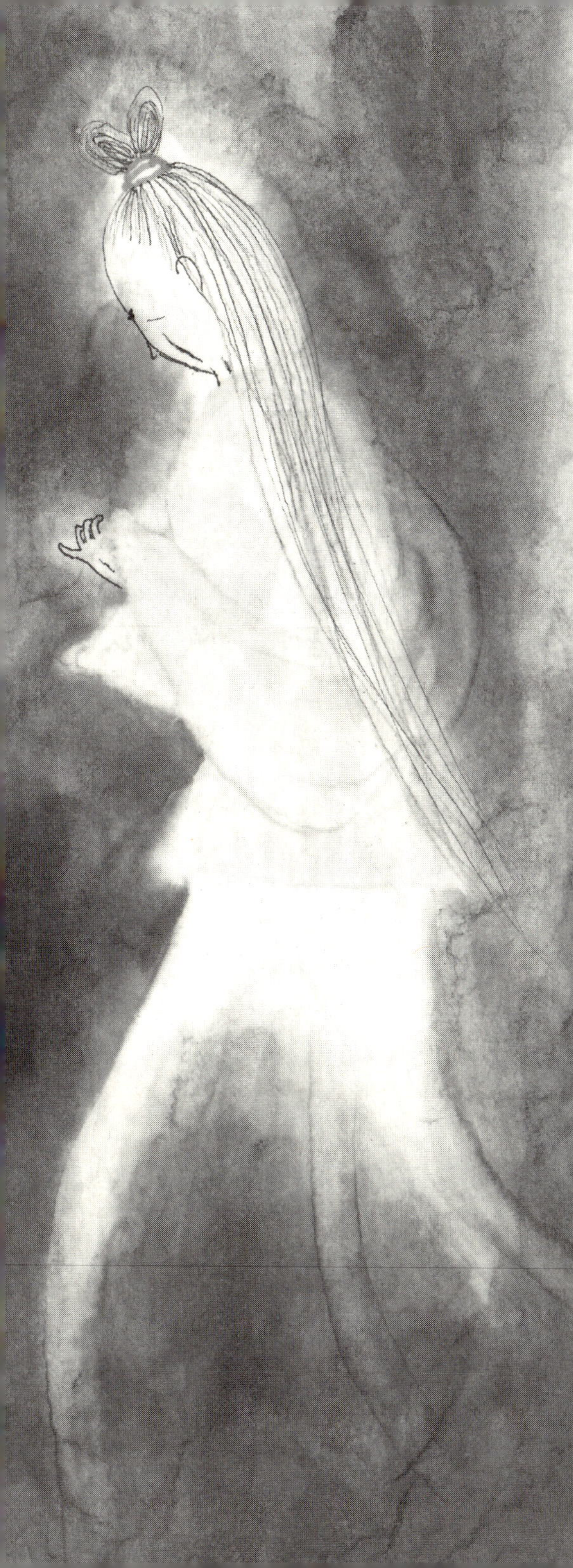

いきます。

「おばあさん、まって。」

と、みながいいました。

でも、おばあさんはますますうすくなって、
もうほとんど見《み》えなくなりかけていました。

「わたし、やってみる。やってみるから。」

きえていくおばあさんにきこえるように、しっかりとした声《こえ》で、みながそういいました。

りえとゆかが、みなを見《み》てききました。

「ねえ、なにをするつもり？」

「七夕《たなばた》のたんざくに、おりひめさまを天《てん》に帰《かえ》してって書《か》くの。だって、あしたは七夕《たなばた》だから。」

「そうだった、あしたは七夕《たなばた》だったね。たんざくに書《か》いたねがいごとって、かなうんだよね。」

と、りえもいいました。

「そう。だから、わたしたち三人組《にんぐみ》は、自分《じぶん》のおねがいは書《か》かないで、おりひめさまのことだけ書《か》くんだよ。ぜったいだよ。」

「うん、ぜったい。」

「ぜったいのぜったい。」

三人《にん》はそうちかいあいました。

ほんとうにそれだけで、おばあさんは天《てん》に帰《かえ》ることができるのだろうかと、ゆかは心配《しんぱい》になりました。

でも、それを口《くち》にしてしまうのは、こわいことでした。そうしたとたん、なにもかもが台《だい》なしになってしまうような気《き》がしたからです。

「あ、おばあさんがいない。」

と、りえがいいました。

小屋《こや》の中《なか》には、入《はい》ってきたときとおなじように、はたおりきがぽつんとおかれているだけでした。

神社《じんじゃ》からの帰《かえ》り道《みち》で、

「さくせんがあるんだ。」

と、みながいいました。

「なに？」

と、ゆかとりえがききます。

「たくさんのおり紙《がみ》と、ささ。」

「おり紙《がみ》でたんざくをつくって
ねがいごとをいっぱい書《か》くんだね。」

と、りえがいって、

「それをささにつるすのね。」

と、ゆかがいいました。

「そう。なんまいもなんまいもおねがいを書《か》く。」

「ささにつるす糸《いと》もいるね。はさみも。でも、ささはどうしよう？」

「ささは、おじさんにもらうよ。神社《じんじゃ》のうらに生《は》えているから、きってもらう。」

と、りえがいいました。

「それできまり。じゃあ、あしたは、学校《がっこう》がおわったら、はたおり神社《じんじゃ》ね。」

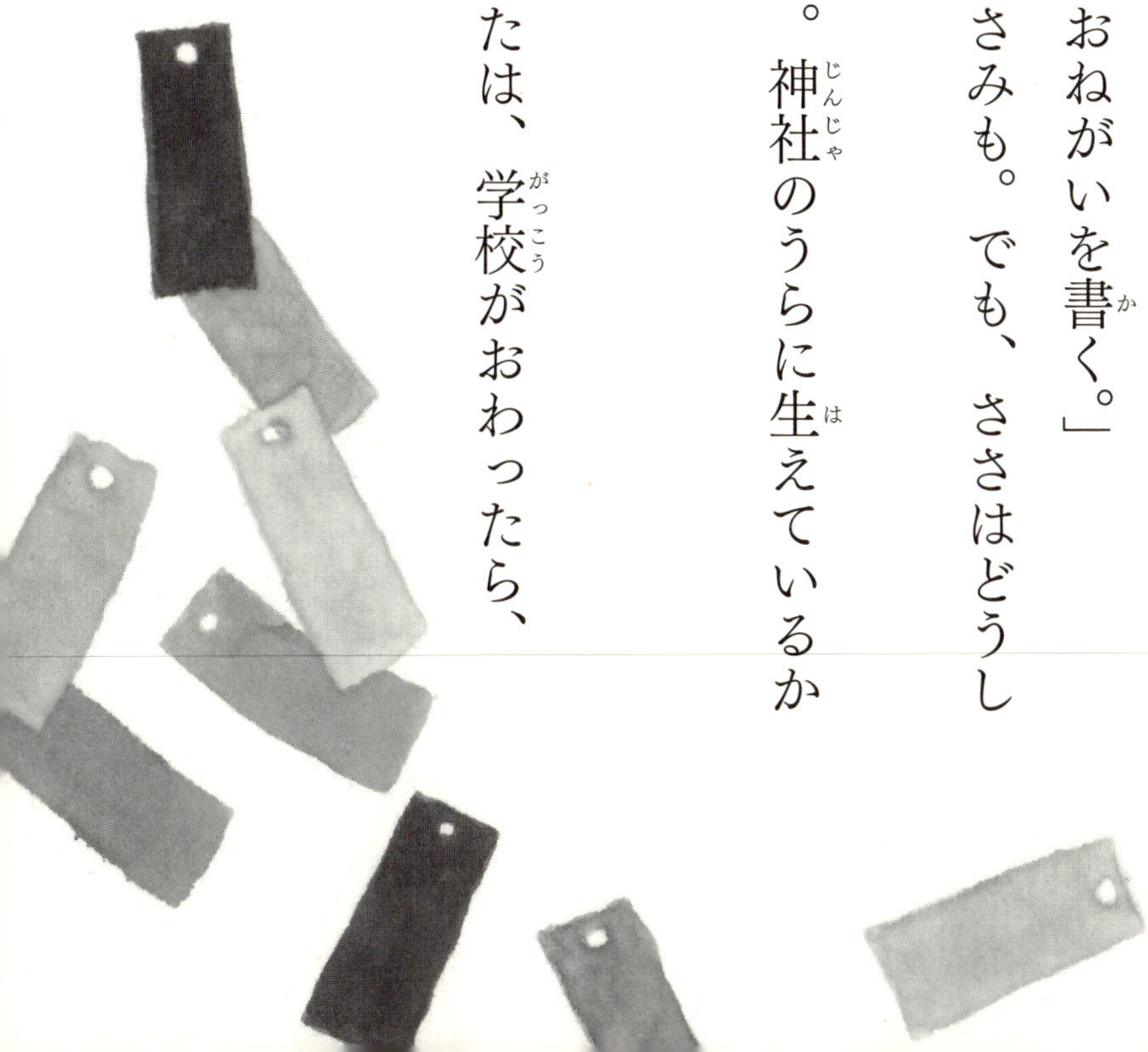

「でもさあ、」

と、りえがいいました。

「ほんとにそれだけで、おばあさん、天《てん》に帰《かえ》ることができるのかなあ。」

ゆかが心配《しんぱい》していたことを、ついにりえがいってしまったのです。

「それだけじゃ、きっとだめだと思《おも》う。」

と、みなまでがいいました。

「えーっ、じゃあ、どうするの？

そうだ、クラスのみんなにたのんで、みんなにも書《か》いてもらおうよ。

多《おお》ければ多《おお》いほど、パワーはつよくなるでしょ。」

そういって、りえがガッツポーズをしました。

うん、そうすれば、ねがいはとどくかもしれない。たった三人《にん》のねがいじゃだめでも、おおぜいのねがいだったら、神《かみ》さまもきいてくださるかもしれないと、ゆかも思《おも》いました。

「それがいいね。」

と、ゆかはさんせいしました。

「それはだめ。このことは三人《にん》だけのひみつにしなくちゃ。だって、おばあさんは、わたしたちの前《まえ》にだけあらわれたんだもん。」

と、みながいいました。

「それはそうだけど。でも……。」

「だいじょうぶ。いい考《かんが》えがあるんだ。」

自信《じしん》まんまんにみなはいいます。そして、

「どんな考《かんが》え？」

と、りえがきいても、

「それはまだひみつ。」

と、教《おし》えてはくれません。

「でもね、ふたりにやっておいてもらいたいことがあるの。今日《きょう》のうちに、できるだけたくさん、たんざくを書《か》いておいて。」

「りょーかいっ！」

りえとゆかは声《こえ》をあわせてそういいました。
「じゃあ、あした、はたおり神社《じんじゃ》でね。」
そういいあって、三人《にん》はわかれました。

つぎの日《ひ》、学校《がっこう》がおわると、三人《にん》は大《おお》いそぎで家《いえ》に帰《かえ》り、はたおり神社《じんじゃ》に集合《しゅうごう》しました。りえはやくそくどおり、背《せ》の倍《ばい》くらいもあるささを持《も》っています。

三人《にん》が手《て》にしているふくろには、おり紙《がみ》でつくったたんざくに、糸《いと》やはさみも入《はい》っていました。

三人《にん》は、顔《かお》を見《み》あわせて、大《おお》きく一度《ど》うなずくと、小屋《こや》に入《はい》っていきました。

戸《と》をしめると、とたんになにもかも見《み》えなくなり、しばらくして、おたがいの顔《かお》がわかるようになり、小屋《こや》のまんなかにおかれているはたおりきも見《み》えるようになりました。なにもかもきのうといっしょです。

「おりひめさま。」
みながよびました。
「おりひめさま。」
ゆかとりえも
よびました。
そして、
おばあさんが
あらわれるのを、
どきどきしながら、
まちました。

しばらくして、三人《にん》の前《まえ》に白《しろ》いもやのようなものがあらわれました。それははじめのうちは、大《おお》きな鳥《とり》がつばさをひろげているように見《み》えました。つばさは、じょじょに着物《きもの》の長《なが》いそでにかわっていって、もやのぜんたいが人《ひと》のかたちになり、ついにおばあさんになりました。

「おりひめさま、わたしたちはこれから、ささかざりをつくります。おりひめさまははたをおってください。」

と、みながいいました。

「そんなのむりだよ。だいいち、はたをおる糸《いと》なんて、どこにもないじゃない。」

と、りえがいいました。

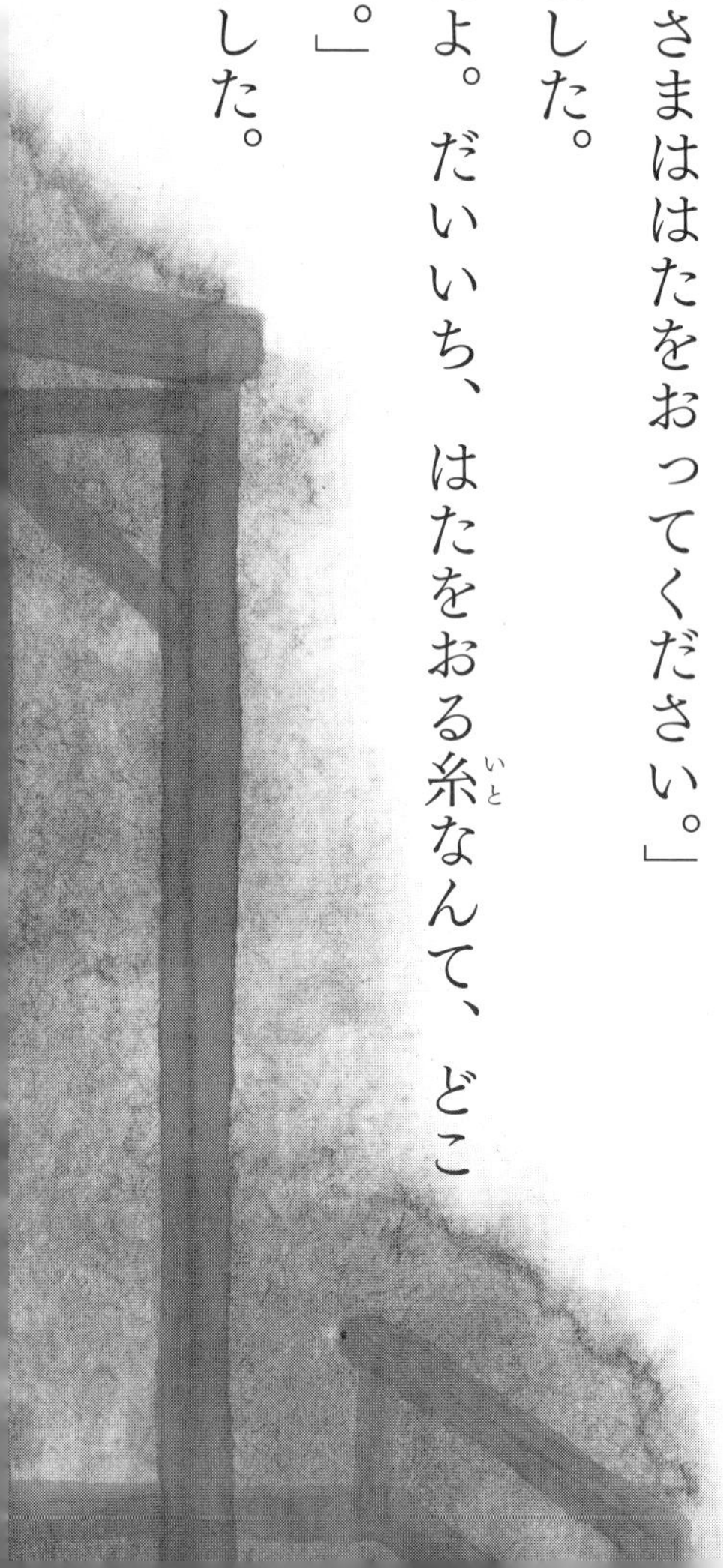

「むりじゃない。だいじょうぶですよね、おりひめさま？」
みなのことばに、ゆかはむねがどきどきしました。
おばあさんは、一歩《ぽ》、また一歩《ぽ》とはたおりきに近《ちか》づいてきました。そして、はたおりきの前《まえ》にこしかけました。
おばあさんはだまったままです。

三人《にん》も、だまったまま、おばあさんをじっと見《み》つめました。

息《いき》をととのえるように、おばあさんがふかく大《おお》きなしんこきゅうをしました。それから、右手《みぎて》を空《くう》にさしだしました。見《み》えない糸《いと》をたぐりよせてでもいるようなしぐさでした。と、その手《て》に、ひとすじの光《ひかり》がからまったのが、三人《にん》にははっきりと見《み》えました。よく見《み》ると、それは光《ひかり》ではなく、一本《ぽん》の光《ひか》る糸《いと》でした。

おばあさんは、糸《いと》をたぐりよせると、それをはたおりきにむすびました。かたんと、はたおりきがゆれました。かたんかたん。おばあさんがはたをおりはじめたのです。

そのようすを、三人《にん》はぼうっと見《み》ていました。どこからさしこんでくるのか、光《ひかり》は小屋《こや》のてんじょう近《ちか》くからあらわれ、はたおりきに近《ちか》づくほど、はっきりとした糸《いと》になって、おばあさんは、それで、はたをおっていくのでした。光《ひかり》でできた糸《いと》でおられ、きらきらとふしぎな色《いろ》あいに光《ひか》るぬのが、できあがっていきました。

「さ、わたしたちも、ささかざりをつけなくちゃ。」
みなのかけ声《ごえ》で、三人《にん》もささにたんざくをむすびつけはじめました。
金《きん》に銀《ぎん》、赤《あか》、緑《みどり》、青《あお》、黄色《きいろ》。色《いろ》とりどりのたんざくのねがいごとはひとつ。おりひめさまが天《てん》に帰《かえ》れますように。
おばあさんのおるぬのが光《ひか》って、小屋《こや》はふしぎな明《あか》るさでいっぱいになりました。その中《なか》で、三人《にん》はむちゅうで、ささにたんざくをつけていきました。

かたん。ひときわ大《おお》きな音《おと》がしました。それとどうじに、小屋《こや》の中《なか》が真《ま》っ暗《くら》になりました。

「きゃっ。」

三人《にん》が小《ちい》さなさけび声《ごえ》をあげた、そのときでした。

小屋《こや》のてんじょうに、かぞえきれないほどの星《ほし》があらわれたのです。いえ、小屋《こや》のてんじょうにしては、そこはあまりに遠《とお》すぎました。そして、そのまんなかをながれるように、白《しろ》いおびのようなものがありました。

「もしかして、あれ、天《あま》の川《がわ》?」

ふるえる声《こえ》で、みながいいました。

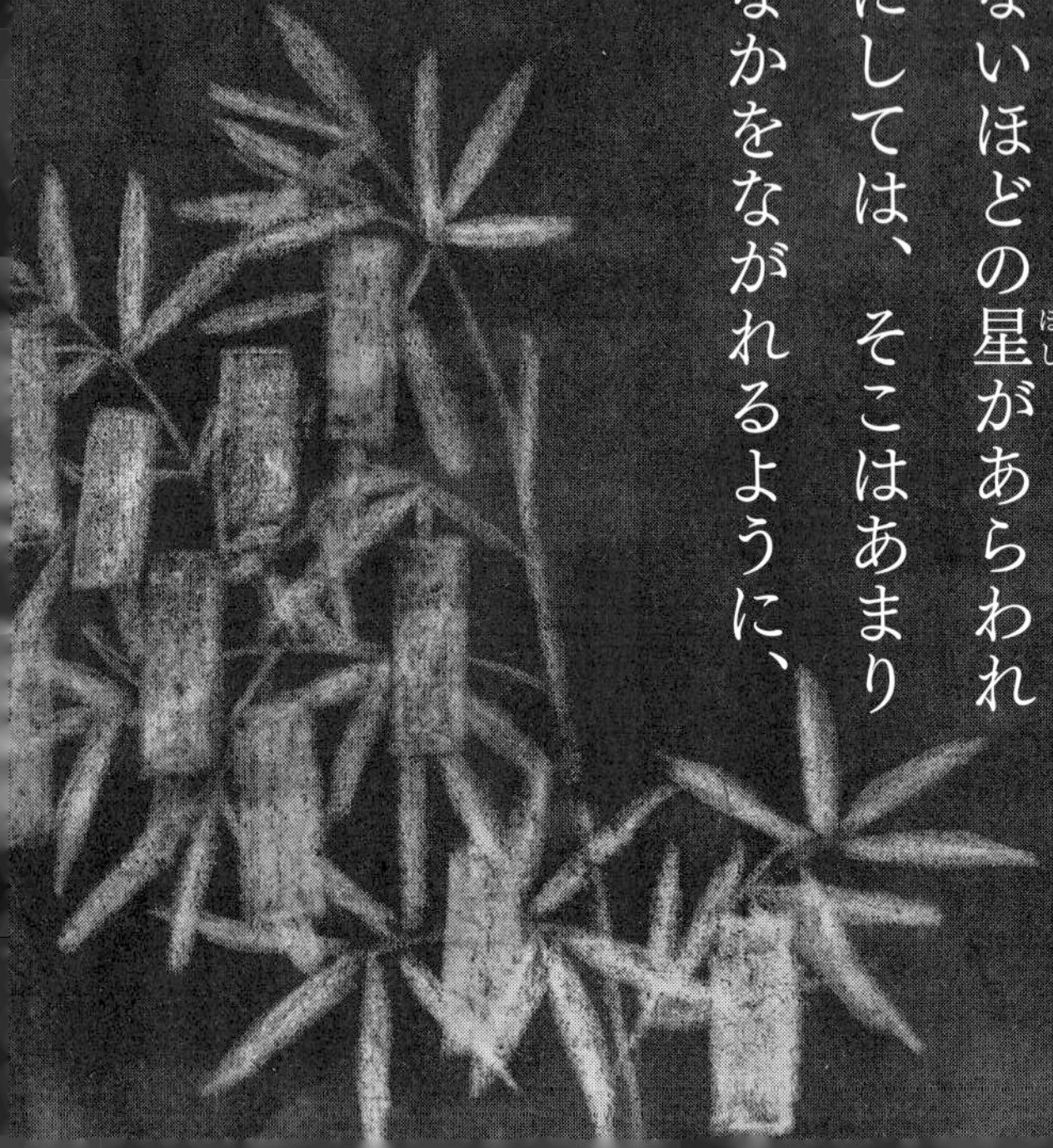

「そうかも。」
と、りえがいいました。
「あ、おりひめさま。」

三人《にん》の頭《あたま》のすぐ上《うえ》を、白《しろ》い着物《きもの》のそでをはためかせて、おばあさんが空《そら》にあがっていきました。

「ありがとう、子《こ》どもたち。」

おばあさんが、三人《にん》にほほえみかけました。その顔《かお》を三人《にん》は見《み》ました。おばあさんではありません。わかい女《おんな》の人《ひと》の顔《かお》でした。

おりひめさまは、三人《にん》にゆっくりと手《て》をふって、ゆっくりと空《そら》にのぼりつづけ、やがて星空《ほしぞら》にすいこまれてしまったように、そのすがたは見《み》えなくなりました。

「ねえ、小屋《こや》がなくなっている。」

そういったのは、りえでした。

ついさっきまで、まんてんの星空《ほしぞら》だった空《そら》は、まだ青《あお》く、西《にし》のほうで夕《ゆう》やけがはじまろうとしているところでした。

「わたしたち、ゆめを見《み》ていたのかな。」

ゆかがいいました。

「そんなことないよ。だって。」

と、いいかけて、みながだまってしまいました。

「みなちゃん、どうしたの？」

「ささも、はさみも、ふくろもない。」

「あ、ほんとだ。」

「でも、わたしたち、
おりひめさまに会《あ》った。
それはほんとうにあったことだよ。」
りえが力《ちから》づよくいいました。

「ふしぎだったね。」

「ふしぎだった。そして、すてきだった。」

「うん、すごくすてきだった。」

「おりひめさま、きれいだったね。」

「うん、すごくきれいだった。」

「今日《きょう》、おりひめさま、ひこぼしさんに会《あ》えるかな。」

「会《あ》えるよ、ほら。」

そういって、みなが空《そら》のひとところをさしました。まだうす明《あか》るい空《そら》に、一番星《いちばんぼし》がかがやきはじめていました。


（おわり）

水無月《みなづき》
July《ジュライ》

7月のまめちしき

「7月」にちょっぴりくわしくなる
オマケのおはなし

一年《ねん》に一度《ど》だけ、二人《ふたり》が会《あ》える日《ひ》

ものしりのみなが話《はな》していた、おりひめ（織姫《おりひめ》）とひこぼし（彦星《ひこぼし》）のお話《はなし》、みなさんも知《し》っていますよね？

はたおりがじょうずな織姫《おりひめ》と、はたらきものの牛飼《うしか》い、彦星《ひこぼし》が、けっこんすることになりました。けれど、けっこんしたとたんに、二人《ふたり》は仕事《しごと》をなまけて、あそんでばかり。神《かみ》さまはおこって、織姫《おりひめ》と彦星《ひこぼし》を天《あま》の川《がわ》の両《りょう》岸《ぎし》にひきはなしてしまいました。でも、ぜんぜん会《あ》えないのはかわいそう。神《かみ》さまは、一年《ねん》に一度《ど》だけ、七月七日《がつなのか》の夜《よる》に、二人《ふたり》が天《あま》の川《がわ》をわたって会《あ》えるように、やくそくしてくれたのです。これが、中国《ちゅうごく》につたわる「星《ほし》まつりの伝説《でんせつ》」です。

日本《にっぽん》では、江戸時代《えどじだい》から、ねがいごとを書《か》いた短冊《たんざく》を、笹竹《ささたけ》にかざるようになりました。織姫《おりひめ》のように、はたおりがじょうずになりたい、と願《ねが》ったのがはじまりだといわれています。

七夕《たなばた》に雨《あめ》がふると、天《あま》の川《がわ》が見《み》えないので、織姫《おりひめ》と彦星《ひこぼし》は会《あ》えません。でも、このお話《はなし》では、さいごに一番星《いちばんぼし》が見《み》えました。天気《てんき》がいいので、二人《ふたり》は会《あ》うことができそうですね。

夜《よ》空《ぞら》にこぼれたおっぱい!?

三人組《にんぐみ》が見《み》た、天《あま》の川《がわ》。その正体《しょうたい》は、ものすごい数《かず》の星《ほし》の集《あつ》まりです。まるで、夜空《よぞら》を流《なが》れる川《かわ》のように見《み》えるので、天《あま》の川《がわ》とよばれるようになりました。

ところがヨーロッパなどでは、この星《ほし》の集《あつ》まりが川《かわ》ではなく、道《みち》にたとえられて、「ミルキー・ウェイ（乳《ちち》の道《みち》）」とよばれます。これはギリシャ神話《しんわ》で、力持《ちからも》ちのヘラクレスが赤《あか》ちゃんのとき、お母《かあ》さんのおっぱいを強《つよ》くすったので、乳《ちち》がこぼれてできたといわれているからです。

むかしの人《ひと》は、同《おな》じ夜空《よぞら》を見《み》たのに、場所《ばしょ》によって、ちがうものを思《おも》いうかべたんですね。

うなぎを食《た》べて、暑《あつ》さをのりきろう！

七月《がつ》には、暑《あつ》さがきびしくなります。「暑中《しょちゅう》見《み》舞《ま》い」という季節《きせつ》のお便《たよ》りを出《だ》すのも、七月《がつ》が多《おお》いですね。

立秋《りっしゅう》（八月八日《がつようか》ごろ）の前《まえ》の十八日間《にちかん》のことを、「土用《どよう》」といって、一年《ねん》でいちばん暑《あつ》い時期《じき》とされています。そして、土用《どよう》のなかで十二支《じゅうにし》が「丑《うし》（牛《うし》）」にあたる日《ひ》には、うなぎを食《た》べる習慣《しゅうかん》があります。

これを考《かんが》えたのは、江戸時代《えどじだい》に「エレキテル」という発《はっ》電器《でんき》を発明《はつめい》したことで知《し》られる、平賀源内《ひらがげんない》という人《ひと》だそうです。いまでは、えいようのあるうなぎを食《た》べて、夏《なつ》バテにまけないようにする行事《ぎょうじ》としてひろまっています。

※十二支《じゅうにし》は、「さる年《どし》生《う》まれ」というように、年《とし》をさして使《つか》われることが多《おお》いですが、月《つき》、日《ひ》にち、時刻《じこく》などをあらわすためにも使《つか》われます。

石井睦美｜いしいむつみ

神奈川県生まれ。フェリス女学院大学卒業。『五月のはじめ、日曜日の朝』で毎日新聞小さな童話大賞と新美南吉児童文学賞、駒井れん名義の『パスカルの恋』で朝日新人文学賞、翻訳を手がけた絵本『ジャックのあたらしいヨット』で産経児童出版文化賞大賞、『皿と紙ひこうき』で日本児童文学者協会賞を受賞した。その他の作品に『レモン・ドロップス』『白い月黄色い月』『キャベツ』、「すみれちゃん」シリーズなどがある。

高橋和枝｜たかはしかずえ

神奈川県生まれ。東京学芸大学教育学部美術科卒業。ステーショナリーメーカーでデザイナーとして活躍した後、イラストレーター、絵本作家として活動中。絵本の作品に『くまくまちゃん』『にゃーこちゃん』『ねこのことわざえほん』『くまのこのとしこし』『りすでんわ』『もりのだるまさんかぞく』などがある。『盆まねき』(富安陽子・作) など、童話の挿絵も多数手がけている。

装丁／坂川栄治＋永井亜矢子（坂川事務所）

本文 DTP／脇田明日香

7月《がつ》のおはなし

七月《がつ》七《なの》日《か》はまほうの夜《よる》

2013 年 5 月 23 日　第 1 刷発行

2018 年 4 月 2 日　第 3 刷発行

作　石井睦美《いしいむつみ》

絵　高橋和枝《たかはしかずえ》

発行者　渡瀬昌彦

発行所　株式会社講談社

〒 112-8001 東京都文京区音羽 2-12-21

電話　編集 03-5395-3535　販売 03-5395-3625　業務 03-5395-3615

印刷所　共同印刷株式会社

製本所　島田製本株式会社

N.D.C.913 79p 22cm　　ISBN978-4-06-195744-2